오늘만큼은 못 견디게 사랑한다

김옥림 시선집 01
오늘만큼은 못 견디게 사랑하다

1판 1쇄 발행 2010년 11월 30일 │ 지은이 김옥림 │ 편집 김윤곤 │ 북디자인 송원철 │
마케팅 정복순 │ 관리 안상희 │ 펴낸이 박영철 │ 펴낸곳 오늘의책 │ 출판등록 제
10-1293호(1996년 5월 25일) │ 주소 (121-839) 서울시 마포구 서교동 377-26
번지 1층 │ 전화 02-322-4595~6 │ 팩스 02-322-4597 │ 이메일
tobooks@naver.com │ ISBN 978-89-7718-319-3 03810

• 책값은 뒷표지에 있습니다.
• 이 저작물을 재이용하고자 할 때는 저작권자 및 오늘의책의 동의를 받아야 합니다.
• 잘못 만들어진 책은 구입하신 서점에서 바꿔드립니다.

김옥림 01
시선집

오늘만큼은 못 견디게 사랑하다

시
인
의

말

한시라도 시를 떠나
나를 생각해 본적이 없다.
시는 언제나 내 마음속에
환하게 피어 있었고
삶에 지쳐 흔들릴 때마다
손을 내밀어 나를 잡아주었다.
시는 삶의 뿌리이며 꿈이며 이상이다.
시가 사라지는 순간
우리의 삶도 끝나고 말 것이다.
시가 소멸되지 않도록
시를 읽고, 쓰고, 널리 알리는 일에
정진할 것을 스스로에게 다짐해본다.
시는 나의 목숨이다.
시가 내 곁에 있어줘 참 고맙다.

2010년 11월
김옥림

차례

Part 04

별을 바라보는 마음으로

Part 05

내 마음의 정원

Part 06

바람의 길 위에 서서

Part 01 아침 호수가에서

그대가 곁에 있어도

너를

목이 마르다

갈증

●

그대가 곁에 있어도
나는
늘
목이 마르다

바람 부는 날

바람 부는 날은
까닭 없이 길을 나선다
목적지를 정하지 않고 걷다 보면
어느 새 나는 바람이 되었다

바람이 되고 싶은 날은
약속도 없이 거리로 나선다
바람도 기다렸다는 듯 저 만치서 다가와
자꾸만 내 등을 떠다민다

바람을 좋아하는 사람은
슬픔이 많은 까닭이다
바람도 슬픔이 많은 사람을 좋아해
슬픔을 품고 사는 사람만 보면

무작정 달려가 안기려고 한다

바람 부는 날은 나도 모르게
바람 부는 곳을 향해
바람의 발걸음으로 다가가
바람의 말로 인사를 하고
바람의 입술로 키스를 하고
바람의 손으로 어루만진다

바람 부는 날은 나도 바람이 된다

매혹

●

초등학교 담장위로 솟은

붉디붉은 생리 혈 같은

유월 검붉은 장미가

맑은 햇살 아래서

고개를 쳐들고 몸을 외로 꼰 후

도도하게 굽어보고 있다

지금은 우리가 사랑할 시간

•

그대여,
자신을 던져 평생을 한결같이
사랑할 사람이 그대에게 있는가

그대여,
그대가 너무 소중해서
그대를 보면 숨 막히도록 좋아서
어쩔 줄 모르는
사람이 그대에게 있는가

그대여,
그 어떤 것 앞에서도
결코 흔들리지 않고

그대의 사랑을 지켜 낼
열정이 그대에게 있는가

자신의 사랑 앞에
결코 머뭇거리지 마라
정녕,
그 사랑을 원한다면
그 어떤 시련 앞에서도
결코 멈추지 마라

사랑은 먼저 다가가서
자신의 마음을 열어 보여주는 것
사랑 앞에 두려워하지 마라
망설이지 마라
그 사랑을 온 마음으로 사랑하라

그대여,
그대가 견딜 수 없도록
절절이 가슴에 담아 둔
못 잊을 사랑이 생겼는가

그렇다면 지금 사랑하라
더 늦기 전에
그 사랑이 가기 전에
차디찬 눈물을 흘리며
때늦은 후회를 하기 전에
지금 사랑하라

지금은 우리가 사랑할 시간

별이 되어

●

내 죽으면
저 별로 태어나리

별이 되어
살아생전 못 다준
사랑
맘껏 퍼 주리

내 죽으면
저 하늘 가득 빛이 되리

빛이 되어
오직

그 사랑만을 위해

빛을 비추리

내 죽으면

홀로 청청한

저 하늘 우뚝 별이 되리

고고한 별이 되어

살아생전 못 다한

사랑

두고두고 이루리

그런 날 있었지요

●

그런 날
아, 그런 날 있었지요

고요 속에 눈 뜬 아침
문득 떠 오른 당신 얼굴
유리창을 파고드는
아침 햇살처럼 맑은 당신

정오가 지나고
하늘 뒤 덮은 저녁노을
안개처럼 사라지고
앞산 위로 둥근 보름달
두둥실 떠오르고

깊은 밤 별 깜빡이고
잠들 때까지

한시도 떠나지 않고
내 마음 속에 있는 당신

그런 날
아, 그런 날 있었지요

까닭 모르게
그리움이 깊어져
나도 모르게 눈물 한 방울
살짝 떨어뜨린

아, 그런 날
그런 날 있었지요

당신,

한시도 못 잊을
내
당신

한시도 떠나지 않고
내 마음 속에 있는 당신
그런 날
아, 그런 날 있었지요

깊은 밤 나는

세상이 죽은 듯 고요하다

앙칼지게 울부짖던 고양이도 사라지고

온갖 소리도 잦아들었다

적막이 흐르는 깊은 밤 현관문을 열고 나서면

잠 못 이룬 별들만이 깜빡이며

어두운 하늘을 지키고 있다

내 눈이 별과 마주칠 때마다

별은 날 기다렸다는 듯이

섬광을 일으키며 아는 체를 한다

나와 별의 교감이 흐르는 시간

저렇게 많은 별들 중에도 유독

내 마음을 사로잡는 별 폴라리스

내 눈은 한참 동안이나 그 별을 향해

고정된 채 움직일 줄 모른다

깊은 밤이 오면 나는 경건해진다

내 머리는 샘물처럼 맑아지고

내 마음은 평온해 지며

나는 지극히 이성적이 된다

나는 좋다, 깊은 밤이

내가 나를 가장 잘 볼 수 있는 시간이다

나의 모남도 나의 불온함도 나의 그리움도

가장 확연히 들여다 볼 수 있는 소중한 시간

깊은 밤을 사랑한다는 것은 때론 고통일 수가 있다

그러나 깊은 밤은 내게 위안을 주고

에너지를 주는 달콤한 시간이다

치악산 아래로 어둠을 뚫고 새벽기차가 간다

깊은 밤을 내가 좋아하는 까닭은

깊은 밤은 그 모두를 하나로 품어주기 때문이다

사랑하는 사람

●

오랜 의자같이 낡아서

오히려 편안한 사람

내 몸 구석구석을 모두 알아버린

헐렁해지고 축 늘어진 옷처럼

부담스럽지 않은 사람

무슨 말을 해도 다 받아주며

하하하 호호호 웃어넘기는 사람

한여름 무더운 날

동구 밖 푸른 느티나무처럼

속이 넉넉한 사람

등 기대고 편히 쉴 수 있는 벽처럼

한량없이 든든한 사람

그저 바라만 보고 있어도

마음이 풍요로워지는 사람

함께 있는 것만으로도 그냥 즐겁고

곁에 없으면 두고두고 생각나는 그 사람

갈대

갈대를 보면
가을 들녘
갈대로 흔들리고 싶다

갈대를 보면
허위와 체면치레로
얄팍한 지식으로 무장한
서늘한 내 몰골이
낯설게 다가온다

내 마음이 완악해지고
오만과 편견으로 사로잡힐 땐
하얗게 하얗게 흔들리는

갈대를 생각한다

갈대를 볼 때마다
가을들녘 끝을 지키고 서서
바람 앞에 순응하는
하얀 갈대로 나부끼고 싶다

순응을 거부하고 내 중심에 서서
나의 하늘과 나의 바다에만 천착하던
나의 아집과 모순을
갈대의 흔들림 앞에 털어버리고
나 또한 갈대로 흔들리고 싶다

갈대를 보면

그 처연히 순응하는 갈대를 보면

붉은 노을 지던 가을들녘 끝

하얀 갈대로 흔들리고 싶다

세상에서 가장 아름다운 곳

누군가 그랬다
세상에서 가장 아름다운 곳은
사랑하는 사람이 있는 곳이라고

나 세상에서
가장 아름다운 곳에 살고 있는
그대 품속에 새하얀 영혼의 집을 짓고
시를 노래하고 사랑을 가꾸며 살고 싶다

누군가 말했다
사랑하는 사람이 있는 곳이
세상에서 가장 아름다운 곳이라고

나 세상에서 가장 아름다운 사람이
살고 있는 곳에서
별처럼 강물처럼
푸르게 푸르게 살고 싶다

누군가 속삭였다
세상에서 가장 아름다운 곳은
사랑하는 사람 품속이라고

내 영혼의 뼈

그대는 내 영혼의 뼈
마른 내 영혼의 뿌리를
튼튼하게 지탱해 주는
내 사랑의 뼈

그대가 내 안에 찾아 온 그날부터
흔들리며 떨고 있던 텅 빈 내 영혼을
곧추세워 우뚝 서게 한 그대는
내 운명의 뼈

그대를 알고부터
굳게 닫혀졌던 내 안의 성문은
조금씩 단절된 세계를 향해

빗장을 풀기 시작했고
연약한 내 영혼의 팔에도
새 혈이 돌기 시작 했네

캄캄하게 어두웠던 나의 하늘에도
사라져버렸던 별이
하나 둘씩 돋아나기 시작 했고
흔적 없이 사라져버렸던
찬란했던 나의 태양도
밝은 빛을 흩뿌리며 내 안으로
또 다른 태양을 쏘아 올렸다

푸석거리던 나의 자리에도

소망의 새싹이 돋아나고
메말랐던 내 영혼의 우물에도
찰랑거리는 생명의 물결로 가득 했네

오, 놀라워라
그대는 내 영혼의 뼈
내 영혼의
마른 뿌리를 굳게 지탱해 주는
그대는 내 숨결의 뼈

여름날

여름날
저녁 어스름을 뚫고
한 줄기 바람 같은
플루트 선율이
새가 되어 날아 와
내 가슴에 살포시 안긴다

순간
내 가슴속에서
새가 노래하고
맑은 물줄기가 흐르고
깨꽃 같은 별들이
총총히 피어난다

여름날 한때

맑은 감동에 젖어

나는 시가 되고 사랑이 되고

꽃이 되고

그 무엇이 되어

너를 향해 나를 보낸다

여름바다

여름바다는 바쁘다

너무 바빠 몸살을 앓는 바다

내 마음이 허전하여 여름바다를 찾아가면

바다는 두 팔 벌리고 다가와

나를 덥썩 안아 그 넓은 품으로 품어준다

한동안 여름바다와 뜨거운 포옹을 나누다 보면

허전하던 내 마음 속에도

푸른 바다가 끝없이 펼쳐진다

여름바다는 자신을 찾아 준 내가 너무 고마운지

자신의 푸른 가슴을 열어 놓고

서러웠던 마음, 슬픈 마음, 그리웠던 마음

모두 다 풀어 놓고 가볍게 가라한다

여름바다는 바쁘다

여름만 되면 바다는 밤새 뒤척이며 잠 못 이룬다

그러나 바다는 그래서 더 행복하다

여름바다와 나는 마주보며 서 있기만 해도

눈물이 나도록 행복했다

나는 바다의 푸른 살결에 눈을 고정시킨 채

오래도록 자릴 떠나지 못했다, 어느 새

나도 바다의 일부가 되었던 것이다

풍경

●

부러진 늙은 밤나무 가지 끝에 앉은
까치 한 마리가 아래를 굽어보고 있다

적막한 고요가 한줄기 바람이 되어
허공을 가르며 날고 있다

그리움이 물빛으로 스미는 날은
하루 종일 음악을 듣는다
음악에 젖어 있는 동안은
나를 잊고 음악만 생각한다
…

음악을 들으며 나도 음악이 된다

하루 종일 음악을 듣는다

그리움이 물빛으로 스미는 날은
하루 종일 음악을 듣는다
음악에 젖어 있는 동안은
나를 잊고 음악만 생각한다
가끔씩 나를 잊고 싶은 날이 있다
철저하게 외로워 본 사람은 안다
죽음보다 더 깊은 고독의 바다를
음악은 나를 고독의 바다에서
건져 올리는 위안의 손길
내 마음이 요동치며 심하게 울리는 날이나
적막 같은 고독이 별빛으로 흐르는 날은
하루 종일 음악의 품을 벗어나지 못 한다

음악을 들으며 나도 음악이 된다

겨울 보름달

●

높이 뜬
겨울 보름달

눈이 시리도록
맑고 푸르다

내 사랑하는 그대
맑은 눈처럼
나를 사로잡은 겨울 보름달

내 사랑하는 그대
보고픈 마음에
눈 아프도록

겨울 보름달을 올려다보면
어느새 내 마음속에도
겨울 보름달 하나
두둥실 떠오른다

행복이란 이름의 그대,
그대가 있어
세상이 참 고맙다

사람 가슴엔 별이 살고 있다

●

사람들 가슴마다엔
새하얀 별이 반짝인다

별이 반짝이는 가슴은
오월 햇살처럼 따뜻하다

가슴에서
별을 잃어버린 사람들은
캄차카반도
일월 날씨처럼 쓸쓸하다

반짝이는 별을
품고 사는 사람들을 보면

사월 가문비나무처럼

푸릇푸릇하다

사람들 가슴엔 별이 살고 있다

반짝이는 별을 가슴에 품고 살자

별이 떠나가지 않게

서로의 가슴을

꼬옥 품어주며 살자

미러클

기적!

기적이라고?

오, 맙소사

기적은 없어

하루하루는 늘 기적으로

채워지고 이어지지

기적을 함부로 말하지 마

너도 기적이고 나도 기적이고

우리 모두는 기적이고

기적 속에 살고 있지

호흡을 한다는 것

그것 자체도 기적이니까

기적을 믿지 마

이미 기적 아닌 것은 없어

그것을 잊을 때

아픔은 오는 법이거든

해맑은 아침호수의

푸르름의 바람이

내 영혼의 묵은 소리를

깊게 잠재우는 아침이다

아침호수가에서

●

호수에 그림 하나 떠 있다
점점이 하나 되어
유채화가 되고 수채화도 된다

그 호수에 내 마음을 던지면
푸른 별이 되고 꽃이 되기도 한다
새 하얀 눈부신 점들의 모임이
아침 햇살에 잠겨
찬란한 일곱 빛깔로 태어나고
맑고 청명한 하늬바람은
내 욕망을 씻는다

보라

이 아름다움의 빛이여,

여인의 고운 자태를 드리운

잔잔한 호수여

나, 사랑하리라 그대의 은은한 미소를

나, 털어 내리라 지난밤 육신의 고독을

해맑은 아침호수의

푸르름의 바람이

내 영혼의 묵은 소리를

깊게 잠재우는 아침이다

소리

●

어디서

소리의 파열음이 들려온다

요란스런 떨림이다

귀 기울여 싱크대 밑을 살피고

화장실을 살핀다

어디에도 소리는 없다

내 귓가에서 맴도는 소리라는 걸

한참 뒤에 알았다

가끔은 나도 모르게

내 몸에서 소리가 난다

삐거덕 거리는 소리

모든 것들은 떠날 때

소리를 남기는 법

하루가 촌음寸陰 처럼

내 몸을 스쳐 지나는 소리

숨 막히는 저 소리

사랑은 강물처럼

시가 흐르는 하늘가에
행복이 넘치어라
미소가 흐르는 그대 창가에
노래가 피어나리니
꿈이어라
아 기쁨이어라

다가오는 그대의 눈빛은
바람이 되어 내게 머물고
소담스런 옛이야기는
나의 연인이 되리니
나 행복이어라
사랑이어라

사랑은 온유한 성자 같은

너그러운 몸짓으로

그대 사랑 감싸주리니

그대여,

사랑으로 오늘을 가자

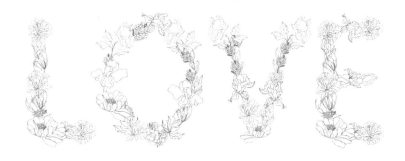

Part 02 따듯한 별 하나 갖고 싶다

따뜻한 별 하나 갖고 싶다

별을 보면
이 세상 모든 슬픔과 아픔을
어루만져 다독여 줄 것만 같다

시시때때로 나도 모르게
시린 가슴이 될 땐
야윈 두 뺨 위에 흘러내리는
차가운 눈물을 닦아 줄
따뜻한 별 하나 갖고 싶다

별을 보면
이 세상 모든 사랑과 평화를
따스하게 품어 안고 있을 것만 같다

내 사랑이 모자라

사랑하는 이가 눈물을 보일 때나

내 이기심이 사랑하는 이를 분노하게 할 땐

허허로운 내 빈 가슴을 가득 채워 줄

따뜻한 별 하나 갖고 싶다

별을 보면

새 하얗게 반짝이는 별이 되어

내가 사랑하는 모든 이들에게

죽어서도 사라지지 않을

따뜻한 별 하나 남기고 싶다

한 사람

●

여기 한 사람 있었네
맑은 날 강물보다 더 푸른
사랑 하나 있었네

여기 한 사람 날 보고 있네
붉은 석류보다 더 붉은
사랑 하나 있었네

여기 한 사람 하늘 보고 웃네
바다 보다 더 넓은
사랑 하나 있었네

여기 한 사람 있었네

저기 저 높은 산보다 더 높은
그런 사랑 하나 있었네

한 사람이 나를 바라보고 웃네
저 만큼 길을 가다가도
어쩌다 생각나면 뒤돌아서서
하얀 손을 흔드네

그리움보다 더 큰 아픔은

그리움을 아파하지 마라
그리움보다 더 큰 아픔은

자신의 사랑을
포기하는 일이다

거울

●

거울을 보지 않기로 한다
내 속에 부끄러움이 많은 까닭이다

눈을 감고 있어도

●

눈을 감고 있어도 꽃보다 아름다운

그대 미소가 보인다

귀를 닫고 있어도 고요히 들려오는

그대 목소리가 들린다

눈을 감고 있어도 볼 수 있고

귀를 닫고 있어도 들을 수 있는

해맑은 그대의 눈이 되고, 귀가 되고 싶다

내 작은 마음을 모아

내 작은 눈물을 모아

그대와 아름다운 세상을 엮어 가고 싶다

사랑은 눈으로도 볼 수 없는 것까지도

볼 수 있어야 하고

귀로 들을 수 없는 것까지도

들을 수 있어야 하나니

사랑함으로 세상은 따스하다

풀꽃

비바람 속에서
풀꽃이 가늘게 떨고 있다
가냘픈 어깨를 들먹이며
풀꽃은 바람 앞에
꺾일 듯 휘어지다가도
결코 꺾이지 않는다

너의 사랑 앞에
풀꽃이 되고 싶다

폭풍우 속에서
풀꽃이 파르르 떨고 있다
수줍은 이마를 쓰다듬으며

먼 곳을 바라보다
이내 돌아서는 풀꽃

흔들리듯 쓰러질 듯
휘청거리다가도
기어코 너의 사랑 앞에
일어서고 마는
풀꽃이 되고 싶다.

너의 사랑
앞에
풀꽃이 되고
싶다

슬픔의 힘

●

슬픔도 때론
힘이 될 때가 있다

가슴이 메어져 눈물이 날 때
뼛속 깊이 억제하지 못할 고통이
통증으로 스며들 때

울음 울다 기진하여
쓰러진다 해도
그 슬픔을 감추지 마라

슬픔도 때론
위안이 될 때가 있다

사랑하는 이들이 전혀 위안이
되지 아니할 때
깊은 슬픔에 잠겨
눈물의 강을 건너보라

스스로를 딛고
일어설 수 있을 때까지
그 슬픔을 사랑하라

내 마음의 꽃

●

내 마음 가득히 에는
꽃이 활짝 피었습니다
마음이 즐거울 때나 감사할 때
그대가 생각날 때마다
가만히 마음을 열면
감미로운 그대의 향기가 전해져옵니다

그대는 영원한
내 마음의 꽃입니다

꽃이 아름다운 건
향기가 있기 때문이 듯
그대가 내 마음을 사로잡은 것은
자신보다 더 나를 사랑하기 때문입니다

내 마음 가득히 에는

꽃이 활짝 피었습니다

그 이름도 아름다운 그대라는 꽃

그 꽃이 있기에

나는 비가 올 때나

함박 눈 같은 슬픔이 몰아쳐도

삶을 사랑할 수 있었습니다

그대는 불멸의 사랑의 꽃입니다

너를 위하여

너를 위하여
낮은 목소리고 싶다
네가 무어라고 말하든
조용히 네게 다가가
너의 말에 귀 기울이고

네가 원하는 일이라면
주저 없이 달려가
너의 기쁨이고 싶다

너를 위하여
낮은 마음이고 싶다
네가 무어라고 말하든

담백한 미소로 다가가
나의 마음을 열어두고

너의 작은 실수까지도
묵묵히 끌어안는
너의 사랑이고 싶다

아, 유쾌한 나의 꽃이여,
너를 위하여
낮은 자리엔 내가 앉고
높은 자리는 너에게 주리니

언제까지나

그 언제까지나

아름다운 나의 사람이여

맑은 날

●

오월
햇살이 숨이 막히도록
맑다

하늘도 산도 나무도 꽃도 이름 없는 들풀도
오가는 사람들도
모두가 하나같이 맑고 푸르다

맑은 날 나는,
꽃이 되고 싶다
맑은 날 나는, 살아있는 모든 것들에게
맑은 기쁨을 주고 싶다

오월

싱그러운 바람이 가슴을 적신다
머리가 환해지며 마음이 들뜬다

맑은 날 나는,
한 그루 사과나무가 되고 싶다
맑은 날 나는,
노래가 되고 시가 되고 별이 되어
나보다 더 외로운 이들에게
친구가 되어주고 싶다

내 마음의 풍금

남을 미워하고 시기하여
내 마음이 아파 올 땐
내 마음의 풍금을 켠다

선생님 풍금소리에 맞춰 노래 부르던
초롱초롱하던 그 어린 시절을 기억하며
닳고 닳아 빠진 생각의 옷을 벗어 버린다

나도 모르게 헛된 말을 쏟아 내거나
돌이킬 수 없는 잘못으로
사랑하는 이들의 가슴에 깊은 상처를 줄 땐
내 마음의 풍금을 켠다

플라타너스 그늘 아래서

소곤소곤 동그랗게 모여앉아 꿈을 키우던

그 시절을 돌이키며

낡고 낡아 버린

헛된 욕망의 빗장을 풀어 버린다

꽃을 보면

꽃을 보면
노래가 부르고 싶다
꽃은 노래를 부르게 하는
묘한 매력이 있나보다

꽃을 보면
무슨 말이든 하고 싶다
꽁꽁 닫혀진
어두운 마음의 문을 열고
달빛 같은 환한 말들이
꽃이 되어 피어난다

꽃을 보면

나도 꽃이 되고 싶다
꽃이 되어 어느 누구에게나
하얀 목화솜 같은
얘기를 건네고 싶다

말이 그리운 시절에
사람이 그리운 시절에
깨꽃 같은 말을 풀어 놓아
웅크린 마음을 엮어주는
꽃이 되고 싶다

안녕이란 말은

우리 사는 동안에
안녕이란 말은 하지 않기로 해요
사랑하는 이와
만나고 헤어질 때면 더욱
안녕이란 말은 하지 않기로 해요
헤어짐의 아픔에 울어보지 않은 사람은
안녕이란 말 속에 들어있는
뼈아픈 슬픔을 알지 못해요
우리가 만나고 헤어지며 하는
'안녕'이란 말이 이별의 아픔을 가진
이들에게 그 얼마나 고통이라는 것을
겪어보지 않은 사람들은 알지 못합니다
우리 살아가는 동안 안녕이란 말은
하지 않기로 해요

안녕이란 말 대신 푸른 소나무처럼

향기로운 마음으로

'우리 또 만나요' 하고 말해 주세요

맑은 물처럼

맑은 물을 보면
손을 담그고 싶다
온갖 더러운 것을 만지고도
더러운 줄 모르는 손을
몇 번이고 깨끗이 씻고 싶다

맑은 물을 보면
발을 담그고 싶다
맑은 물에게는 미안한 일이지만
냄새가 가실 때까지
박박 문질러 씻고 싶다

맑은 물을 보면
자꾸만 씻고 싶어진다
더러워진 얼굴
더러워진 손
꼬랑내 나는 발
더러워진 몸 구석구석을
말끔히 씻고 싶다

무엇인가를 깨끗이 씻는다는 건
신나고 즐거운 일이다
마음속에 덕지덕지 쌓인
미움과 탐욕까지도
맑은 물에 씻어 말리고 싶다

맑은 물을 보면
기분이 즐거워진다
그래서 맑은 물처럼
더럽고 냄새나는 것들을
깨끗이 씻어주고 싶다

사랑의 존재

●

우리가 사랑의 울타리를

벗어나지 못하는 것은

사랑은 존재보다

앞에 있기 때문이다

보석

●

사람은 그 누구나
사랑이란 보석 하나
평생,
마음에 품고 산다

．
．
．
평생

편지

●

누군가에게
편지를 쓸 대상이 있다는 것만으로도
그 사람은 행복하다

그대에게 가는 길

그대에게 가는 길은 사랑의 길입니다
그대에게 가는 길은
진주처럼 맑은 언어를 다듬으며
풀잎처럼 휘어지지 않는 목숨으로
간절한 열망으로 가야 하는
이 지상에서 아름다운 날의 행진입니다
때때로 숨통을 조여 오고 발목을 붙잡고
놓아주지 않는 아픔과 슬픔의 상이
그대에게 가는 길목을 가로막아도
그대에게 가는 길은
하루도 쉬지 않고 기도하는 마음으로
부드러운 눈동자로 저 별들의 반짝임으로
가야하는 즐거움의 길입니다

그대의 길은 그 어디에서도 꿈이 됩니다

그대의 길은 그 어디에서도 사랑이 됩니다

그래서 그대의 길은 늘 맑은 햇살처럼 영롱합니다

그대에게 가기 위해 그대의 길 위에 서서

오늘도 뜨거운 목숨으로 그대를 생각합니다

그대에게 가기 위해 그대의 길 위에 서서

오늘도 뜨거운 목숨으로 그대를 생각합니다

너를 보면

●

너를 보면 그냥 좋다

너를 보면 그냥 행복하다

너를 보면
너 외엔 다른 것은
내 안에 없다

너는 무엇이 길래
이토록 나를 들뜨게 하고
순결한 꽃이 되게 하는가

너를 보면 마냥 좋다

너를 보면 눈물겹게 행복하다

너를 가까이에서 보는 것만으로도
내 생애 기쁨이 되고

너를 보면 언제나
열여섯 순수 빛깔이 된다

첫사랑

●

휘어질 듯 휘어질 듯한

코스모스 핀 길 걸어가노라면

눈이 까만 어릴 적 그 애 생각난다

동그란 얼굴에 하얀 피부

까르르 까르르

함박웃음이 나를 사로잡았던 바로 그 애

휘어질 듯 늘어질 듯한

코스모스 길 지나치노라면

어디선가 금방이라도 달려올 것만 같은

귓불이 발갛게 물들던 그 애 생각난다

Part 03 나도 누군가에게 소중한 만남이고 싶다

햇살 맑은 날

●

햇살이 이렇게 좋은 날엔
그저 아무 생각 없이
그늘진 잔디밭에 누워
한 편의 시를 읽고 싶다

햇살이 푸르도록 맑은 날엔
두 눈을 감고
사랑하는 사람만을 생각하고 싶다

햇살이 가슴을 파고들며
상냥한 마음일 땐
지은 죄를 모두 털어내며
빨래 줄에 걸어두고 싶다

햇살이 눈 시리게 좋은 날엔

마음을 활짝 열고

사랑하는 이들을 떠올리며

단정히 무릎을 꿇고

그들을 위해

한줄기 맑은 기도를 드리고 싶다

나도 누군가에게
소중한 만남이고 싶다

나도 누군가에게
소중한 만남이고 싶다

내가 그대 곁에 있어
그대가 외롭지 않다면
그대 눈물이 되어주고 가슴이 되어주고
그대가 나를 필요로 할 땐
언제든지 그대 곁에 머무르고 싶다

나도 누군가에게
꼭 필요한 만남이고 싶다

내 비록 연약하고 무디고
가진 것 없다하여도
누군가에게 줄 수 있는 건
부끄럽지 않은 마음 하나

누군가가 나를 필요로 할 땐
주저 없이 달려가 손을 잡아주고
누군가가 나를 불러줄 땐
그대 마음 깊이 남을 의미이고 싶다

나도 누군가에게
소중한 만남이고 싶다

만남과 만남엔

한 치 거짓이 없어야 하고

만남 그 자체가

내 생애에 기쁨이 되어야 하나니

하루하루가

누군가에게 소중한 만남이고 싶다

나도 누군가에게
꼭 필요한
만남이고 싶다

한시라도

●

그대가 한시라도

내 마음에서 멀어지는 날은

잠시 잠깐 동안이라도

아무것도 할 수 없습니다

오늘은 가고 내일이 오듯

오늘은 그 자체만으로도
아름다운 것
어제의 아픔을 아무것도 아닌
마치 일기장을 넘기듯
받아들일 수만 있다면
그것만으로도 행복하여라

가슴이 시리면 시린 대로
그리우면 그리운 대로
아쉬우면 아쉬운 대로
내일이 오듯
오늘을 받아 드리려무나

한땐 누구나가 다 그러하듯이
슬픔에 젖고
괴로움에 몸을 떨지만
차라리
죽음보단 넘치는 행복이어라

삶은 크나큰 축복
공기를 마시고 숨을 쉬듯
두려워도 말며
놀라워도 말며
내가 어디로 가든
네가 어디로 가든
무엇을 하든

오늘은 가고
내일은 오는 것
그렇게 그렇게
삶은 오며가는 것

그대에게

누군가의 사랑이
못 견디게 그리운 날엔

어느 곳에서라도
그대가 바라볼 수 있도록
푸른 하늘 여백 위에

사랑한단 그 말을
억만 번이라도 쓰고 싶다

가끔씩

●

아무리 눈물겨운
삶일지라도
가끔씩 하늘을 보라

못 견디게 삶이 그대를
외면할 때라도
가끔씩 가장 소중했던 기억
한 다발씩 꽃으로 엮어
푸른 강물에 띄워 보자

우리 가는 이 길이
어차피 예정된
길이라 할지라도

가끔씩 그 자리에 서서

눈을 감고

자신을 가만히 들여다보자

가끔씩 가끔씩은

그렇게… 살자

우산

●

가슴 쓸쓸히 울적한 날

비가 내리면

우산을 씌워줄

그 누군가가 몹시 그립습니다

보리밭

파랗게 팬
보리밭 사이를
산까치 두 마리
나란히 걸어갑니다

우리 사랑도
나란히 그 뒤를
따라 걸었습니다

호숫가에서

해맑은 호숫가에 앉아
비취 빛 일렁이는 물결을
말없이 바라보며
하루 종일 그대만을
죽도록 생각했습니다

사랑 · 2

●

서로가
모자라기에 그리운 것이
서로가 갈망하기에
안타까운 것이

주어도 주어도
받아도
받아도
언제나
목마른 아픔

오늘만큼은 못 견디게 사랑하다

그대여
오늘만큼은 못 견디게
사랑하세요

슬픔이 강물처럼 흐르는
아픔 속에서도
우리는 서로가 그리운 사이

내일 비록
이 세상 이별이 찾아와도
두렵지 않은 까닭은
그대가 풀꽃향기로
빛나고 있음입니다

서로의 사랑으로

내일을 꿈꾸는 우리에겐

그 무엇도

장애가 될 수 없음을

우리는 한시라도 잊지 말아야 합니다

아픔이란 함께 나누면

반으로 줄고

기쁨은 함께하면

둘이 되듯

그대여 오늘만큼은

못 견디게 사랑하는 거예요

서로의 사랑으로 내일을 꿈꾸는 우리에겐

그 무엇도 장애가 될 수 없음을

우리는 한시라도 잊지 말아야 합니다

별의 노래

깊은 밤 별의 노래에

귀 기울여 그대를 생각합니다

무수한 별들을 바라보며

그대를 꿈꾸는 시간이

내게 있어 행복합니다

어쩌면 우리는 별을 닮았는지 모릅니다

별들의 노래를 듣는 순간부터

내 가슴엔 그대밖에 없습니다

그리고 아무 생각도 할 수 없습니다

그 생각은 온통 그대 모습으로

가득 차 있기 때문입니다

그대 아닌 다른 어떤 것도

내겐 더 이상 삶이 되지 못했습니다

간간히 언뜻언뜻 내 자신조차 잊는

그 시간에서 그대는 늘

내 마음 속 별의 노래가 되었습니다

한시라도 그대가 그리운 날

나는 별의 노래에 의지하여

그대만이 내 삶의 전부라고 생각하였습니다

비가 내리는 날엔

하루 온종일 이토록
비가 내리는 날엔

무작정
그대에게로 달려가
그대 품에
잠들고 싶습니다

사랑하는 이와
종일토록
함께하고픈 이 마음
그대는 아시는지요

이토록

하루 온종일

비가 내리는 날엔

아무 말 없이

그대만 바라보아도

눈물겹게

그대가 사랑스럽습니다

사랑 · 5

●

하루 종일
그대와 함께 있으면
심심하지 않다

그리고
다른 생각은
아무것도 할 수 없다

내 머릿속에
그대 생각으로
가득 차 있으므로

바보 같은 말

사랑하기에

네 곁을 떠난다는

바로 그 말

희망을 잃지 않는 이유에 대하여

●

아직도
내 가슴엔
별처럼 총총히
꿈이 서려 있다

그것은
새가 되어
날마다 나를 찾아온다

길은 멀어도
내 발길이
무겁지 않은 건

별이 되어 빛나는

꿈이

산처럼 쌓여 있기 때문이다

들꽃

들꽃을 보면
소담스러우면서도
은은한 멋이 있다

거친 비바람 속에서도
결코 가볍지 않은 몸짓으로
자신을 지켜 세상 밖으로 내놓는
조선 아낙네의 곧은
절개가 있다

사랑은 진지할수록
그 생명은 아름다운 것

한순간 화려하게 피고 지는 목련보다

비록 눈길을 끌지 못하는.

거치른 몸이지만

그 거침 속엔

고래 힘줄보다도 질긴

조선의 혈맥이

붉디붉은 꿈틀거림으로 살아

섬강처럼 흐르고 있다

세월이 가면

풀꽃 같은 삶도
세월이 가면
하얗게 서리가 되어 내리지만
깨꽃 같은 우리 사랑은
익어야 제맛 나는
포도주가 되어야 한다

깨꽃 같은 우리 사랑은
익어야 제맛 나는
포도주가 되어야 한다

당신

●

당신을 볼 때마다
나는 어린아이가 되고 싶다
그래서 당신의 사랑을
독차지하고 싶다

귀뚜라미,

●

밤새도록
귀뚜라미 울음이 뜨겁다

못 잊을 사랑
있나 보다

Part 04 별을 바라보는 마음으로

하고 싶다

하고 싶다
까만 밤이 이글거리며
한줌의 재가 되도록
이 질긴 목숨 숨 멎도록
사랑하고 싶다

하고 싶다
온 천지 가득 기쁨의 환희가
넘실넘실
강이 되어 흐르도록
사랑하고 싶다

하고 싶다

하고 싶다

미치도록 영영,

사 랑 하 고 싶 다

사랑이 그리우면 나는 울었다

●

사랑이 그리우면 나는 울었다

다시는 그 사랑으로
돌아 갈 수 없을 것만 같아
강바닥이 허옇게 드러난 섬강을 굽어보며
저녁별이 강물 위에
하얗게 꽃잎처럼 떨어져 쌓이고
강 건너 숲에서 소쩍새가 컹컹
피울음 토하며 사라질 때까지
그 자리에 한 그루 나무로 서 있었다

사랑이 그리우면 나는 울었다

그 사랑이 그리울 때마다
까맣게 까맣게 나는 울었다

별을 바라보는 마음으로

●

별을 바라보는 마음으로

그대를 바라보면

그대 또한 해맑은 별이 됩니다

별을 꿈꾸는 마음으로

그대를 그려보면

그대 또한 눈부신 별이 됩니다

별을 사랑하는 마음으로

그대를 헤아려 보면

그대 또한 별을 사랑하는 마음으로

나를 사랑합니다

사랑은 영원히 타오르는 불꽃

사랑은 그 언제까지나

시들지 않는 영혼의 향기

별을 헤아리는 마음으로

그대를 바라보면

그대 또한 별을 헤아리는 그 사랑으로

나를 사랑합니다

오월

오월

아카시아 나무 그늘 아래서

하얗게 쏟아져 내리는 향기에 취해

하루 온 종일

너만을 생각하였다

가을의 시

●

가을엔 단풍에 고이 적어 보낸
어느 이름 모를 산골 소녀의
사랑의 시가 되고 싶다

가을엔 눈 맑은 새가 되어
뒷동산 오솔길 풀잎 위의 아침 이슬 머금고
사랑하는 이들에게
햇푸른 사랑의 노래이고 싶다

가을엔 눈빛 따스한 햇살이 되어
시월 들판을 풍요롭게 하는
대자연의 너그러운 숨결이고 싶다

가을엔 모두를 사랑하고

모두를 용서하고 모두와 화해하고

잊혀져간 소중한 이름들을 하나하나 떠올리며

해맑은 기도를 드리고

살아있는 모든 것들에게

간절한 열망의 의미를 부여하고 싶다

가을엔 나 보다 더 외로운 이들에게

따스한 가슴으로 다가가

그들의 야윈 손을 잡아주고 싶다

가을은 겸손과 감사의 계절

가을은 풍요와 사랑의 계절

가을엔 그 모두에게 읽혀지고 기억되어지는

사랑의 시가 되고 싶다

노을

누구의 사랑을 못 잊어
저렇게 붉게 타고 있을까
애끓는 그리움이 그려 놓은
붉은 유화 한 점

매미

●

어느 무덥던 여름날
무엇이 그리 서글픈지
하루 종일 창가에 날아와
울어대는 저 매미 한 마리

내 마음은 너를 향해 달려간다

먼 시간 지난 후
눈을 돌려 시집詩集을 집어 들지만
시집 속을 헤치고 걸어 나오는

그리운 얼굴 하나

혼자 마시는 커피

●

혼자 마시는 커피는 독약 같다

혼자 마시는 커피 속엔 외로움이 짙게 묻어난다

커피는 마주 보며 마셔야 제격이다

서로의 눈빛을 바라보며 잔잔히 나누는

이야기 속에서 커피 향은 무르익는다

음악을 깔아 놓고 사랑하는 이와 커피를 마셔보라

함께 한다는 그 이유만으로도 행복은 우리를 들뜨게 한다

작은 일에 만족할 줄 아는 삶이란 지혜의 근본이다

가진 것 없어도 감사할 줄 아는 삶이란

그 얼마나 미덕인가, 생生은 그래서 아름다운 거다

이별

목적 없는 삶이란

사랑의 상처를 입고

이별을 준비하는 여인과 같다

오늘은 너에게로 가고 싶다

하얀 꽃 이파리 같은

별빛이 흩날리는 날엔

하던 일 잠시 미루어 두고

무작정 너에게로 가고 싶다

내 그리움 같이

부슬부슬 비가 내리는 날엔

포도鋪道 위에 떨어져 내리는

빗방울을 밟으며 너에게로 가고 싶다

라디오를 듣다 문득

너와 함께 듣던 노래를 듣는 날은

나도 몰래 설레이는 가슴을 끌어안고

한 걸음에 너에게로 가고 싶다

보이는 것마다 시가 되고

느끼는 것마다 꿈이 되고 별이 되던 시절이

가슴속 깊이 새하얀 목련화로 피어나는 날엔

한껏 부푼 마음으로 너에게로 가고 싶다

오늘은 아무 생각 없이 단,

너 하나만을 생각하고

미련을 두지 않는 마음으로 너에게 달려가

너와 나의 잃어버린 사랑의 전설을

다시 쓰고 싶다

내가 지금 원하는 것은

내가 지금 원하는 것은
첫째도,
둘째도,
셋째도
그리고 또 다시 되묻는다 해도
그것은 바로 당신
내 그 리 운 당 신 입 니 다

그 무엇이 되고 싶다

●

사람만이 외로운 것은 아니다
나무도 풀도 꽃도 외로워
가끔씩 몸을 떠는 것을 볼 수 있는데
그럴 때 보면 너무 외로워
소리 죽여 우는 것이다
사람만이 그리워하는 것은 아니다
별도 달도 바람도
그 무엇이 그리울 때가 있나 보다
어떨 때 보면 깜빡이며 흔들리는 것을
볼 수 있는데 그럴 때면
그리움이 사무쳐 떨고 있는 것이다
사람만이 사랑을 하는 것은 아니다
강가의 돌도 숲 속의 여린 나무도

따스한 체온이 그리워 밤을 지새며

그 무엇을 기다리고 있다

사람이나 천지사물은 끊임없이

외로워하고 그리워하고 사랑을 하고

그 무엇이 되고 싶어 한다

겨울나무

•

겨울나무는 순박하고 겸손하다

겨울나무는 서로를 품어 주므로

한겨울을 이겨낸다, 어리석고 탐욕스러운

구석이라고는 그 어디에도 없다

겨울나무를 바라보는 피곤에 지친 내 눈빛 사이로

파란 겨울 하늘이 웃고 있다

겨울 산은 겨울나무로 둘러싸여 행복하고

겨울나무는 겨울 산이 품어 주어 따뜻하다

창백한 시간 속에서도 끊임없이 꿈을 엮어

빈 들판을 따뜻하게 하는 겨울나무처럼

우리는 사랑하는 이에게 그 무엇이 되어야 한다

사랑의 독毒

●

그리움도 지나치면 독毒이 된다.

강

사랑은 그 깊이를
알 수 없는 강과 같다

열난 사랑을 위하여

●

사랑하는 사람과
몇 날 며칠을 산속에 고립되어
온몸이 으스러지도록
뜨거운 밤을 보내고 싶어

눈빛이 맑고 웃음이 예쁜 사람과
몇 날 며칠을 무인도에 갇혀
섬 밖의 일은 모두 잊고
찌리릿 찌리리릿
전기만 통하고 싶어

아, 아, 사랑은 때론
무모하고 유치한 것이라지만,

시계바늘을 고정시켜 놓고

밥 먹는 것도 잊고

잠자는 것도 거르고

글 쓰는 것도 잠시 놓아두고

휴대폰도 꺼 놓고

오직, 사랑하는 사람과

단 한 달만이라도

순수본능으로 돌아가

땀 뻘뻘 흘리며

열나게 사랑만 하고 싶어

보고 싶은 사랑

보고 싶다
보고 싶다

네가 나를 생각하지 않는
그 시간에도
내가 잠시 딴 생각을 하는
그 짧은 순간에도

나는 네가
사무치도록 보고 싶다

보고 싶다
보고 싶다

내 그리운 사랑이여

해바라기

누구의 사랑이 깊어져
하루 종일 목을 빼들고
저리도 간절할까

누구의 그리움이
그리도 높아져
온 밤을 지새워 홀로 깜빡이는가

시간이 흐를수록
길어져만 가는
너의 모가지여,

오늘은 너의 사랑 앞에
나의 묵은 사랑을 놓아두고

하늘로 올려 보내는

나의 기도는

간절하기만 하다

사랑은 그런 거야

뒤돌아보지 마
한 눈 팔지 마
앞만 바라보아
사랑은 그런 거야
한 사람만 생각하고
그 사람만 바라보는 거야

뒤돌아보지 마
곁눈질도 하지 마
사랑하는 사람만
마음에 담아두는 거야
사랑은 그런 거야
한 사람만 그리워하고
그 사랑만 생각하는 거야

사랑이 아름다운 것은

사랑이란 서로를 끊임없이

배려하고, 아껴주는

그 마음 때문인 거야

달을 보며

●

하루 온 종일
그대 생각에 가슴이 벅차
끝내 닭똥 같은
눈물을 흘리고야 말았습니다

Part 05 내 마음의 정원

사랑이 그리운 날엔

사랑이 그리운 날엔
호수처럼 고요한 하늘을 본다
금방이라도 눈물을 쏟을 것 같은
그대 맑은 눈을 닮은 하늘
그 하늘엔 그대의 순수가 빛나고 있다
내 가는 길이 때로 눈물겨울 때
돌아서서 고개 숙이고 발끝을 내려다보며
무언의 생각에 잠겨 있을 때
지난날의 실수를 괴로워하며
스스로를 나무랄 때 작은 것의 소중함을 잊고
오만에 찬 자신의 모습을 바라볼 때
잠시라도 경멸의 눈빛으로 삶을 방관할 때
이런 날은 못 견디게 누군가의 사랑이 그립다

사랑이 그리운 날엔 두 손을 모아 눈을 감는다

내 마음 문을 열고 별빛을 쓸어 담아

잠시라도 감사했던 이들에게

내 작은 사랑 노래를 보내나니

누군가의 사랑이 그리운 날엔

행복했던 순간을 엮어 서로가 서로에게

풀꽃 편지를 쓰자

그대 이름을 부르노라면

●

나 그대 강가에 서서

그대 이름을 부르노라면

별처럼 산뜻한

그대 따스한 언어가 나를 찾아옵니다

그대, 빛 고운 언어가

가장 존귀한 이름으로

그림자처럼 다가와 엷은 미소로

나를 바라볼 때면

마음 저 깊은 곳으로부터

솟구치는 빛나는 그대 눈동자

그대 이름을 부르기 전

그대는 작은 하나의 몸짓에

지나지 않았으나

그대 이름을 부르나니

존귀의 이름으로 오는 아름다운 사람아

별꽃

●

달 밝은 가을밤
깊은 고요 속으로
달꽃 향기 젖어 오는 밤

이런 날이면
그대 품안에서
죽어서도 다시 태어날
별꽃을 피우리라

그대 눈빛만 보면

●

그대 눈빛만 보면
한없이 작아지는
하얀 내 모습

그대 눈빛만 보면
한없이 넘쳐나는
하얀 내 기쁨

그대 생각에
하루가 시작되고
그대 그리움에
하루를 닫는다

그대 눈빛만 보면

지금 이 순간만은

그대여,
타는 봄빛이
저다지도 설움인 줄
돌이켜 묻지 말아주오

그대여
떠나가는 한 줄기 노을이
그리움인 줄
차마 그리워 묻지 말아주오

오, 나의 그대여
지금 이 순간만은
차라리 차라리 눈을 감아주오

그대 눈을 감아요

●

그대 조용히 눈을 감아요
무슨 소리가 들려오는지
가만히 귀 기울여 봐요
풀잎처럼 반짝이는 그윽한 눈빛으로
그대에게로 향하는 내 마음의
발자국소리 들리지 않나요

그대 눈을 들어 하늘을 바라보아요
무엇이 보이는지 손가락으로
원을 그려 다소곳 바라보아요
무엇이 보이나요
영롱한 별빛처럼 활활 타오르는
향기로운 언약이 보이질 않나요

그렇게 그렇게 사는 거예요

깊어가는 생을 찾아서

차마 그 길이

●

차마, 그 길이 멀어 보임은
그대 마음이 어두운 까닭입니다

내 마음의 정원

●

내 마음의 정원에
그대 이름으로 빛나는 꽃송이들을
하나 가득 피우겠어요

노랑꽃, 빨간꽃, 파란꽃
가지가지 그대 마음을 엮어
일 년 열두 달 삼백예순 날 지나도록
그대 향기에 흠뻑 취하고 싶어요

혹시라도,
내 마음의 정원에
다른 꽃일랑
절대로 피우지 않겠어요

그대, 꽃송이들로만

가득 넘치도록

또 채우고 채우겠어요

내 마음의 정원에
그대 이름으로 빛나는 꽃송
이들을
하나 가득 피우겠어요

늘 처음인 듯한

●

가슴속 깊이 숨겨두려고
하면 할수록
고개를 드리우는 것이 있습니다

너무나 소중해 혹시,
누가 뺏어 버리기라도 하면
어쩌나 하는
물빛 하늘보다도 맑은

억만 년을 살아도
다 이루지 못할 것만 같은

그래서 늘
처음 느낌인 듯한 사랑으로

길 위에 길을 가듯

산다는 것에
익숙해진다는 것은
그 삶을 진실로
사랑할 수 있을 때이다

삶은 그 어느 것이라도
저절로 이루어지는 것은 없나니
땀방울 없이 빛나는 삶을 차지한다는 것은
용서받지 못할 삶의 율법이다

구름에 가려서도 태양은 저리도 빛나고
바람에 나부껴도 잎새는 푸르듯
삶을 차지하기에 그대 손길이

야위었다면 고요한 마음으로 하늘을 보라

길은 가도 끝이 없고
발걸음은 바삐 움직일 때
생은 아름다운 것

길 위에, 길을 가며
산다는 것에 익숙해진다는 것은
그 삶을 진실로
바라볼 수 있을 때이다

먼 길 가다보면

먼 길 가다보면
지친 발걸음 사이로 떨어져
쌓이는 아픔이 있습니다

사는 것이 맘과 같지 않아
뒤돌아서서 아무도 모르게
눈물짓는 고뇌가 있습니다

내가 바라고 꿈꾸는 것들이
나의 현실에서 멀어져 가는
그 막막함으로 질식하도록
숨 막혀 방황할 때가 있습니다

아, 이것이 아니었는데
어쩌다 내 어쩌다
그대를 가슴 시리게 했을까 하는
뼈아픈 후회도 있습니다

그러나 아파하지 마십시오
먼 길 가다보면
내 것도 내 것이 아니고
그 길도 그 길이 아님을
깨닫게 될 것입니다

온전한 사랑

○

하나를 주어도

열을 주어도

아니, 그 모두를 다 주어도

결코 아깝지 않은 것은

그대는 사랑이기 때문입니다

그 사랑엔 향기가 있고

소망이 있고 미래가 있습니다

나는 그 사랑으로

눈물겨운, 아름다움을 꿈꾸는데

그 무엇이 아깝고 두렵겠습니까

그대가 있어 나는 눈부십니다

그대로 인해

사랑하는 법을 배우고

그 사랑으로 내일을 바라봅니다

그러기에 나의 그 모두를 다 주어도

결코 아깝지 않은 것은

그대는 온전한 사랑이기 때문입니다

추억

추억은 되새길수록

감미롭고

잊으면 잊을수록

그리운 고독이다

삶의 법칙

●

우리가 희망을
포기하지 않는 한

희망 또한
우리를 버리지 않는다

꽃길을 걸으며

꽃길을 걸으며
슬픔에 대해 말하지 마십시오

꽃길을 걸으며
아픔에 대해 호소하지 마십시오

꽃길을 걸으며
원망과 분노에 대해 말하지 마십시오

꽃길을 걸을 땐
그대도 꽃이 되십시오

꽃을 보고도

즐거움을 얻지 못하는 것처럼

어리석은 일은 없습니다

꽃길을 걸을 땐

꽃의 마음으로 그 길을

사뿐히 걸어가십시오

사랑의 본질

●

인간을 고독을 극복하기 위해
사랑을 하고,

그 사랑을 통해서만
삶을 완성시킬 수 있다

사랑의 본질은
삶을 완성시키는 데 있다

그런 사람이고 싶다

●

말없이 바라만 보아도

흐뭇해지는 사람이 있다

곁에 있는 것만으로도

위안이 되는 사람이 있다

웃어주는 것만으로도

마음이 풍요로워지는 사람이 있다

만날 때마다 처음 본 듯

상큼해지는 사람이 있다

만났다 돌아서는 순간

이내 그리워지는 사람이 있다

목소리만 들어도 불끈

힘이 솟는 사람이 있다

보면 볼수록 새록새록

정이 깊어가는 사람이 있다
내 가진 것 주고 또 주어도
자꾸만 주고 싶은 사람이 있다
누군가에게 이상이 되어 주는 사람
누군가가 앉아 쉴 수 있는
편안하고 안락한 의자 같은 사람
누군가의 인생에 무더운 한여름 낮
시원하게 쏟아져 내리는 단비 같은 사람
그런 사람이고 싶다

세상에게 미안한 날

어느 날은

갑자기 눈앞이 캄캄해져

책상 앞에 앉아

생각만 하다가

생각만 하다가

연필을 쥔 채

커피를 홀짝이며

엎드려서 누워서

밥을 목구멍에 밀어 넣으며

그냥

생각만 하다가

생각만 하다가

해가 지고

별이 총총 뜬 저녁

연기처럼 슬그머니 방을 빠져나와

산책길에 들어서도

마냥 캄캄해

생각만 하다가

생각만 하다가

하루 종일

밥만 축낸 게 하도 부끄러워

가는 시간 부여잡고

끙끙거리며 생각만 하다가

시 한 줄 쓰지 못하고

꼴깍

하루가 가고 말았네

길을 걸어가다

헛발을 디딘 것만 같은 날은

그저 하염없이

세상에게

염치없고 미안할 따름이다

가시

●

사람들은 누구나
가시를 품고 산다
미움의 가시 분노의 가시
시기와 질투의 가시

내 가슴 깊숙이에도
가시가 박혀 있다
그리움이란 이름의 가시
그 무엇으로도 뽑아버릴 수 없는,

때론 서럽고 서러워
몸부림에 젖게 하는
그리움이란 이름의 고약한 가시

얼마를 생이 더 깊어져야

가시의 아픔으로부터

흔들리지 않을 수 있을까

오늘 밤도

별은 저리도 반짝이건만

나는 오래도록 뒤척이며

잠을 청한다

환절기

환절기가 오면
감기가 오려는지
코끝이 맹맹 거리며
머리는 치근치근
어깨는 짐을 진 듯 뻑적지근하다

계절이 바뀔 때마다
겪는 환절기의 진통처럼
우리가 가는 생의 길목마다
딱딱한 옹이처럼 박힌
생떼 같은 고난의 환절기가
떡하니 버티고 서서
거만스럽게 꼬나보고 있다

피해갈 수 있는,

그렇게만 할 수 있다면

좋을 것이지만

찰거머리처럼 들러붙어

간담을 서늘하게도 하고

오늘과 내일의 혼돈 속에서

갈팡질팡하게 만드는

생의 환절기

누구에게나 가끔씩 찾아와

한바탕씩 정신을 쏙 빼놓고 사라지는

혹독한 세월의 바람이

발정난 수사자마냥 응응 거린다

Part 06 바람의 길 위에 서서

사랑하라,
오늘이 마지막인 것처럼

●

사랑하라
오늘이 그대 생애의
마지막인 것처럼

사랑하고 또 사랑하라
그대의 그대가 그대를 잊지 못하도록
열정과 기쁨으로
죽도록 사랑하고 사랑하라

사랑하라
미치도록 사랑하고 사랑하라
사랑하다 하늘이 무너져 내려
내일 지구가 흔적 없이 사라져 버린다 해도

뜨거운 가슴으로 빛나는 눈동자로

가장 아름다운 사랑의 말을 속삭이며

그대가 사랑하는 이에게

최선의 사랑으로 사랑하라

사랑하라

그대가 살아온 날 중

가장 행복한 마음으로

자신보다도 더 사랑하는 사람을 위해

그대의 맑은 혼을 담아

지금 이 순간에서 영원으로 영원히 이어지도록

목숨 바쳐 사랑하라

사랑하라

오늘이 그대의 마지막인 것처럼

사랑하고 또 사랑하라

그대의 사랑이 그대를 아프게 하더라도

그것이 진심이 아니라면

호흡을 늦추고 마음을 가다듬어

그대의 사랑을 용서하고 사랑하라

사랑하라

사랑은 후회의 연속이라지만

후회하지 않는 그대의 사랑을 위해

오늘이 가기 전에

오늘이 마지막인 것처럼 사랑하라

바람의 길 위에 서서

●

기차가 떠난 간 뒤에 발 동동 구르며

떠나간 사람을 못 잊어 하듯

사람은 누구나 피할 수 없는

바람 같은 길을 걸어간다

내 안에 있는 나를 멀리 한 채

겉도는 길을 걸어갈 때가 있다

누구나 살아서는 한 번도 가본 적이 없는 그곳처럼

바람의 길은 끝을 알 수 없는 데도

굳이 그 길을 걸어 갈 때가 있다

낯선 곳에서의 하루 밤을 보낼 때와 같이

바람의 길은 때론 가슴을 설레게 하지만

손안에 머무르지 않는 물방울처럼

마음의 숲을 빠져나와

이내 방향을 정하지 않은 채 달려간다
바람의 길 위에서서 울어본 사람은 안다
떠나간 사람을 못 잊어 그리워하듯
바람의 길 또한 그러하다는 것을
나는 이 밤도 바람의 길 위에서서
서성이고 있을 그 누군가에게
바람 꽃 편지를 띄운다

바람의 길 위에서서 울어본 사람은 안다

떠나간 사람을 못 잊어 그리워하듯

바람의 길 또한 그러하다는 것을

길

●

길을 가다
무거워진 다리 잠시 쉬이며
앉아 있는데

문득,
이 길을 내가 가는 것인지
길이 나를 끌고 가는지에
생각이 머문다

내 이제껏
내가 길을 끌고 왔는지 알았건만
가만 가만 생각느니
길이 나를 이끌고 왔음이다

내가 기쁠 때나
외로울 때나 슬플 때마다
흔들리지 않게
나를 견고하게 지탱해 준 길

그
길의 고마움
잊고
여기까지 왔음이니

나의 무지는
무명 깃발처럼 펄럭이고
길은
저토록 무량하도다

어디서나
처음이고 끝이고 다시 시작되는
길

그 길 위에 서서
아직도 길이 되지 못한
나는
길,
길을 꿈꾼다

동천冬天

●

눈이 아리도록 겨울하늘이 푸르다
손만 대면 금방이라도
쩡 하고 금이 갈 것 같다
그 하늘을 한참 올려다보면
목 메이게 기다리는 사람이 올 것만 같다
세상 슬픔을 거두어
한 무리 새떼가 서녘 하늘로 날아간다
어두웠던 마음, 밝아 온다

가을 산

●

가을 산을 오를 땐
가벼이 가라
미움도 벗어 놓고
그리움도 벗어 놓고
슬픔도 벗어놓고
시기심도 벗어 놓고
사랑도 벗어 놓고
허무도 벗어 넣고
명예도 벗어 놓고
맑은 공기처럼 산뜻하게 가라
가을 산은 어버이와 같아
많은 것을 품고 있느니
어린이같이 그 품에 안기고만 와도

넉넉한 마음인 것을

가을 산에 오를 땐

어린이 마음으로 가라

보는 것 마다 느끼는 것마다

그대를 가득 차게 하리니

마음을 비워내고

한 줄기 바람처럼 가벼이 가라

비둘기

●

비둘기 한 마리가
전기 줄에 앉아
꼼짝 않고
아래를 굽어보고 있다

무슨 생각 저리 깊어
요지부동일까

깊어 가는
겨울 하늘 아래
홀로
순백의 시간에
들은

저,

비둘기

나 또한
세월 한 조각 세내어
아득히
겨울에 잠기네

오늘

●

오늘은 어제와 내일을 이어주는

영원의 징검다리

오늘이 있어 이상을 품고

먼먼 미래를 향해 나아가리니

오늘은 가고 과거는 남는 것

수많은 오늘의 날들이 우주를 만들고

생명을 만들고 역사를 이루고

새로운 오늘을 이어오고 이어가나니

오늘이 가면 더는 오늘이 아닌 것을

한 번 뿐인 생의 만개滿開를 위해

희망의 날개를 달고 불타는 눈동자로

견고하고 흐트러짐 없는 열망의 이름으로

오늘을 살고 오늘을 가라

오늘은 아름다워라

오늘은 누구의 것도 아닌 우리 모두의 것이리니

오늘 속에 영원히 있고 영원 속에 오늘은 가는 것

날마다 새로운 오늘을 위해

오늘을 목숨처럼 사랑하라

세월

●

나도 모르게

꽃이 피더니

나도 모르게

꽃이 집니다

아, 세월은

그렇게 가고

또 가는 가 봅니다

무욕서정

●

욕심 없는 마음이
진정한 부자라는 것을
알기까지는

아스라한 세월이여,

너의 옷깃을
부여잡고
이제야 알았구나

마음이 가난해야
하는데도
용기가 필요하다는 것을

마음을 비우니
조금은
생이 가벼웁구나

무욕서정
아, 찬란하고 유쾌한
가벼움의 극치여

무욕서정

아, 찬란하고 유쾌한
가벼움의 극치여

아침햇살 같은 사람

●

그 사람만 떠올려도
공연히 날아갈 듯 상쾌해지고
마음이 비단결처럼 따뜻해지는
사슴처럼 눈이 맑은 사람

그 사람만 곁에 있어도
마냥 행복해지고
하나도 지루하지 않는
풋풋한 미소가 아름다운 사람

그 사람만 생각하면
그 언제까지나 함께 있고 싶어
마음이 들뜨고

늘 처음 본 듯 호감을 주는
부드럽고 속이 넉넉한 사람

그 사람만 가슴에 담고 있어도
부자가 된 듯 여유롭고
생애에 의미가 되어주는
꿋꿋한 소나무처럼 의연한 사람

그 사람만 보고 있어도
왠지 착하게 살고 싶고
그 어떤 시련이 닥쳐와도 두렵지 않은
용기와 꿈을 주는
아침햇살처럼 맑은 사람

우리는 서로에게
아침햇살 같은 사람이 되어야 하리니
너와 나와 우리가 하나 될 때
삶은 진정 따뜻하다

비 오는 날의 오후

비 오는 날의 오후는

이상하리만치 서정시를 닮았다

오고가는 사람들도

스쳐 지나는 차들도

비를 온 몸으로 맞고 서 있는 나무들도

엷은 어둠을 이고 서 있는 하늘도

한결같이 서정시를 닮았다

비 오는 날 오후 풍경은 다분히 서정적이다

사랑하는 연인의 은밀한 밀어처럼

주절주절 비가 내리는 날 오후엔 농밀한 은유가 있다

어깨를 나란히 한 우산속의 젊은 연인 눈동자에도

홀로 걷는 쓸쓸한 뒷모습의 사내, 빗물 고인 발자국에도

흠뻑 비에 젖은 장미의 농염한 모습에도

서정시가 알알이 엮여 있다

톡톡 튀는 창가의 빗방울을 끌어다 풀어놓으니

서정의 푸른 향기가 은은히 번진다

오, 새푸르디한 이 상쾌함이여,

저 멀리로부터 일정하게 내리는 비의 수직선을 따라

마음을 내려놓으니 내 마음은 이미 서정시다

비 오는 날의 오후는

길도 논도 밭도 산도 강도 바다도

줄줄이 길게 늘어선 어느 시골길 가로수도

흐느끼듯 돌아가는 레코드가게의 선율도

고소한 냄새를 풍기며 구어 지는 빵가게의 빵도

빗속을 우산도 없이 질척이며 걸어가는 사람도

모두가 하나같이 가슴 절절한 서정시를 닮았다

눈물은 짜야 눈물이다

눈물은 짜야 눈물이다
눈물이 그저 맑기만 하다면
그게 어디 눈물인가
눈물은 짜야 눈물인 것이다

눈물은 짜야한다
눈물이 짜야 몸속에 쌓인 슬픔과 고통
미움과 절망을 찌꺼기를 깨끗이 정화해서
눈물로 내보내는 것이다

눈물은 짜야 눈물인 것이다
한껏 울고 나면
가슴이 후련해지는 것은

마음이 맑아졌기 때문이다

눈물을 부끄러워 하지마라

눈물 많은 사람은 그만큼 마음이 맑다는 것이다

눈물은 진실할 때만 보일 수 있는

인간의 원초적 순수다

묵은 옷을 버리며

●

모양새가 깔끔해
버리지 않고 묵혀둔 옷이
볼 때마다 눅눅한 마음이었는데
입을 수 있는 몇 가지만 빼놓고
재활용 수거함에 밀어 넣으니
그것들도 나를 떠나는 게 아쉬운지
한 번에 들어가지 않고 버둥거리다
매정하게 떠다미는 나를
힐끗 쳐다보고는 툭 하고 떨어진다
순간 묵은 체증이 내려가듯
가슴이 시원하면서도
못내 아쉬운 생각에 뒤를 돌아다본다
내 몸 구석구석 비밀을 모두 알아버린

저것들에게 남겨진 나의 체취가

마음에 걸리지만 버려야 할 것은 버려야한다

버려야 할 때 버리지 못함은 욕심이다

욕심을 버린다는 것은 어려운 수행修行과 같지만

버려야 할 때 버릴 줄 아는 사람은

얼마나 넉넉한 가슴을 지녔는가

묵은 옷을 버리기에도

거듭 망설임 끝에 버리는 걸 보면

아직도 나는 미물微物의 탈피를 하지 못한 까닭이다

언제나 미련두지 않고 나를 버릴 수 있을 런지

저녁 봄바람에 기운 달빛이 파르르 떤다

겨울 터미널

각양각색의 사람들이

무표정한 얼굴로 앉아 있거나

문밖을 내다보며 누굴 기다리듯 서성거린다

몇 몇은 자판기 커피를 마시며 얘기를 나누고

또 일부는 먹이에 몰려든 하이에나 떼처럼

난로에 둘러앉아 몸을 녹인다

한쪽 구석에선 스물을 갓 넘긴 듯한 젊은 연인이

다시는 못 볼 것 같은 얼굴을 하고

서로를 뚫어지게 쳐다보며 헤어짐을 아쉬워한다

종착지는 달라도 출발지는 늘 같은 터미널은

잠깐 머물다 가는 곳이지만 첫 순정의 흔적처럼

사람 향취가 진하게 배어 있다

문밖엔 일정한 간격으로 줄지어 늘어선 버스들이

잔뜩 웅크리고 서서 사람들을 기다리고 있다

사람들의 평생 가야 하는 길도 저와 같으리

늘 누군가를 기다리고 떠나보내고

그리고는 새로운 사람들을 만나고

또 다시 헤어지기를 반복하는 것이리

아주 오래전 강원도 정선에서 보았던

한 편의 낡은 멜로영화처럼

시작의 두근거림과 엔딩의 아쉬움이 교차하는 것이

인생이란 두 글자가 주는 속절없음이다

잠잠하던 하늘이 한번 몸을 뒤척이자

겨울 터미널에 눈이 내리기 시작한다

내가 가는 그 길이 외롭지 않도록

천천히 끊어질 듯 끊어질 듯 눈이 내린다

금대리에서 나는

어느 날인가 문득
머리를 스치우는 섬광閃光 하나가
어린 시절 묵은 기억을 소중히
건져 올린다

이리저리 돌아치며
떠돌던 기억의 파편들 속에
웅크린 나의 해묵은 유년의
푸른 기억이 아직도 응고된 채
갈증의 분자分子로 내 가슴 깊이 잠긴
유년의 꿈을 한 올 한 올 뽑아 올려
녹이 낀 나의 사념思念에 횃불을 댕긴다

빛은 바랬지만 그래서 더욱 아련한 옛 미소들의
속삭임이 회색빛 도시의
가로등 아래서 유유자적 노 젖는
강물로 흐르고

그 언저리엔 21세기의
비명이 잠들어 간다
거대한 운동장의 외로운 꼭두각시는
광대의 충실한 머슴으로
가면 속에서 슬픔을 삭이고
검게 낀 가래침을 삼키고 만다

그 어느 날 반짝이던 햇살을 쫓던
하얀 고무신의 자욱마다에는
아직도 도란거리는 숨결이 머물고

금대리에서 지금 나는
이끼 낀 몸짓을 잠시 눕히고
짙게 핀 싸리 꽃 사이로
하얀 꿈을 길어 올리던 열다섯
힘찬 호흡을 마시고 있다

그대 길 가다가

그대 길 가다가 향기로운 꽃을 보면
향기로운 꽃이 되라
돌을 만나면 주춧돌이 되고
나무를 만나면 사시사철 푸른 소나무가 되라

그대 길 가다가 우연히 시내를 만나면
속살 훤히 내비치는 시내가 되라
강을 만나면 고요한 강이 되고
바다를 만나면 용솟음치며
사철 넘실거리는 바다가 되라

그대 길 가다가 어쩌다 새를 만나면
기쁨으로 노래하는 새가 되라

달을 만나면 풍성한 달이 되고
별을 만나면 늘 꿈꾸는 하늘이 되라

그대 길 가다 보면
그대도 길이 되나니

눈물의 힘

•

내 마음에서 눈물이 마르는 것이 두렵다
눈물 마르는 소리가 낙엽 밟는 소리처럼 서걱거린다
몸에서 눈물이 마른다는 것은 슬픈 일이다
사람 몸에서 눈물이 마르는 것처럼
비극적인 일은 없다 눈물은 사랑을 품고 사는
사람에게서만 볼 수 있는 사랑의 진주다
수정처럼 맑은 가을하늘을 쳐다보다가도
길 위를 구르는 나뭇잎을 바라보다가도
문득 눈물을 흘리곤 했다, 푸른 강물처럼
아름다운 세상에서 사는 것이 너무 감사해
나도 모르게 눈물을 흘리곤 했었다
눈물은 때론 상처가 되기도 하지만
눈물은 순수한 마음의 결정체다

눈물은 사랑이다, 사랑을 품고 사는 사람만이
보일 수 있는 거룩한 사랑의 힘이다

내 마음의 유배지

●

내 마음 속엔 유배지가 있네
나를 스스로 가둬 놓는
걸어서는 갈 수 없는 내 마음의 유배지
나의 심사心思가 나를 허망하게 할 때나
욕심이 깊어져
나의 판단력을 흔들리게 할 때나
남을 탓하고 미워하는 마음이
내 맑은 영혼을 주름지게 할 땐
나를 내 마음의 유배지에 가두네
생이 깊어갈 수록
내 마음의 유배지에 갇히는 날이
점점 늘어만 간다는 것은
나를 치욕적이고 비감悲感하게 하느니

내 마음의 유배지여,

무정無情한 내 길이 거침없이 나를 흔들어대고

나를 버리지 못해

내 인생의 어깨가 무거워 질 땐

너의 팔을 뻗어 더는

미혹에 빠지지 않도록 나를 지켜다오

준엄하게 그러나 조금은 가볍게

내 마음의 유배지여

인생

•

인생이 침대 위에 누워 있는 것처럼
편해서야 어디 제 값을 알 수 있겠는가

때론 달콤하고 씁쓸하고 새콤하고
짭짤하고 맵고 싱겁고
또 때론 고소하고
말랑말랑한 젤리 같고 캔디 같은 것

인생을 낙관적으로만 보지마라
오만과 편견을 버리고 보라
깨끗하고 맑은 눈으로
때론 지그시 반은 감은 눈으로
겸손하게 그리고 환하게 보라

인생이 냉수 마시듯 쉽다면
그게 어디 인생인가
그늘에도 서 보고 땡볕에도 서 보고
비바람 맞으며 걸어도 보고
비로소 가야 할 길이 무엇인지
어렴풋이 알게 되는 것이 인생인 것을

삶을 서두르지 마라
서둘러서 가는 삶은 쉽게 무너져 내리고
늦었다고 믿는 삶도 아무도 모르는 사이
저 앞에서 웃고 있는 게 인생이다

인생을 즐기며 살자
되도록이면 서로의 마음을 나누고
무거운 짐을 나누어지고
기쁨을 공유하며
슬픔도 함께 하며
고통의 짐을
서로 어깨에 짊어지고 나아가자

먼 훗날 누군가가 기대고 앉아
편히 쉴 수 있는 한 그루 나무가 되자
때론 수수하고 때론 화사하게
그것이 인생이다
인생은 그런 것이다

그래도 봄은 온다

●

지난겨울이 아무리 춥고 참혹해도

슬픔이 눈물 꽃으로 피어나도

달꽃 같은 봄은 열일곱 갈래머리

맑은 눈망울로 온다

돌돌돌 개울물 소리는

잠자는 대지를 흔들어 깨우고

실눈을 뜨고 봄 하늘을 바라보는

가녀린 풀꽃 눈 속엔 강한 의지가 번뜩인다

지난겨울이 그 아무리 혹독하고 쓸쓸해도

그래도 봄은 온다

봄은 생명의 부활로

창조의 근원으로

어둡고 칙칙했던 지난날을

따스하게 끌어안으며
가장 행복한 모습으로 우리 곁으로 온다

지난겨울이
그 아무리 혹독하고 쓸쓸해도
그래도 봄은 온다